curio?idad por

EL GEOESCONDITE

POR RACHEL GRACK

AMICUS LEARNING

¿Qué te causa

curiosidad?

CAPÍTULO TRES

¡Ve a cazar tesoros!

Curiosidad por es una publicación de Amicus
P.O. Box 227, Mankato, MN 56002
www.amicuspublishing.us

Editora: Alissa Thielges
Diseñadora de la serie: Kathleen Petelinsek
Diseñadora de libro: Aubrey Harper

Información del catálogo de publicaciones
Names: Koestler-Grack, Rachel A., 1973- author.
Title: Curiosidad por el geoescondite / Rachel Grack.
Other titles: Curious about geocaching. Spanish
Description: Mankato, Minnesota: Amicus Learning, 2024. | Series: Curiosidad por las actividades al aire libre | Includes index. | Audience: Ages 5–9 | Audience: Grades 2–3 | Summary: "Spanish questions and answers give kids the fundamentals of geocaching, an outdoor treasure hunt that uses GPS coordinates to hide caches. Includes infographics to support visual learning and back matter to support research skills, plus a glossary and index. Translated into North American Spanish"—Provided by publisher.
Identifiers: LCCN 2023016870 (print) | LCCN 2023016871 (ebook) | ISBN 9781645497967 (library binding) | ISBN 9781645498506 (paperback) | ISBN 9781645498049 (pdf)
Subjects: LCSH: Geocaching (Game)—Juvenile literature. | Global Positioning System—Juvenile literature. | Orienteering—Juvenile literature. | Outdoor recreation—Juvenile literature.
Classification: LCC GV1202.G46 K618 2024 (print) | LCC GV1202.G46 (ebook) | DDC 796.58/7—dc23/eng/20230411
LC record available at https://lccn.loc.gov/2023016870
LC ebook record available at https://lccn.loc.gov/2023016871

Photo credits: Dekora Products/LLC,DEKORRA, 7; Freepik/Macrovector, 12; Freesvg/OpenClipart, 5; iStock/akiyoko, 7, ConstantinosZ, 12, deepblue4you, 12, demaerre, 10–11, EXTREME-PHOTOGRAPHER, 9, Fertnig, 21, Hero Images, 18–19, Highwaystarz-Photography, 4, jorgeantonio, 7, kvkirillov, 12, leszekglasner, 16, malerapaso, 7, Pavel Kratirov, 13, ra-photos, 6, Richard Villalon, 12, Sezeryadigar, 12, SrdjanPav, 14–15, vgajic, 17; Shutterstock/Fourleaflover, cover, 1, inxti, cover, 1; Tootsie Roll Inc, 12; U.S. Mint, 12; USGS/Alex Demas Public Affairs Specialist, 7; Wikimedia Commons/Samuele Manfrin, 21, Vclaw, 21

Impreso en China

CAPÍTULO UNO

¿Qué es el geoescondite?

Dos niños usan un teléfono inteligente para encontrar un geoescondite.

¡Es una enorme cacería de tesoros! En el geoescondite, se usa un **Sistema de Posicionamiento Global** (GPS) para buscar **tesoros**. Algunos son al aire libre. Otros son dentro de edificios. Empiezas con una serie de **coordenadas**. Podrían llevarte a un parque o a un camino de senderismo. ¡Sigue las pistas en línea y encuentra el tesoro!

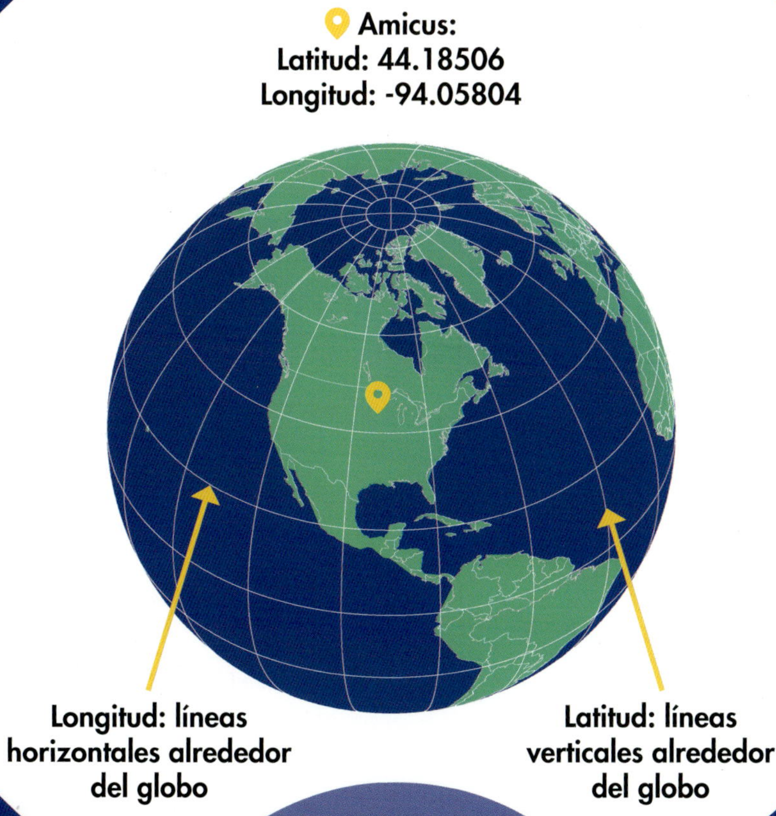

¿SABÍAS?

Hay más de 3 millones de tesoros en todo el mundo. ¡Probablemente haya alguno cerca de ti!

¿Qué es un tesoro?

Un contenedor mantiene el tesoro seguro en cualquier clima.

¡Tesoro escondido! La mayoría de los tesoros son contenedores de plástico. Adentro encontrarás un cuaderno de registro. Allí se listan los geobuscadores que lo encontraron antes que tú. También puede haber pequeños premios. Los geobuscadores los llaman "regalos". Algunos tesoros tienen objetos **rastreables**. Estas partes del juego pasan de un tesoro a otro.

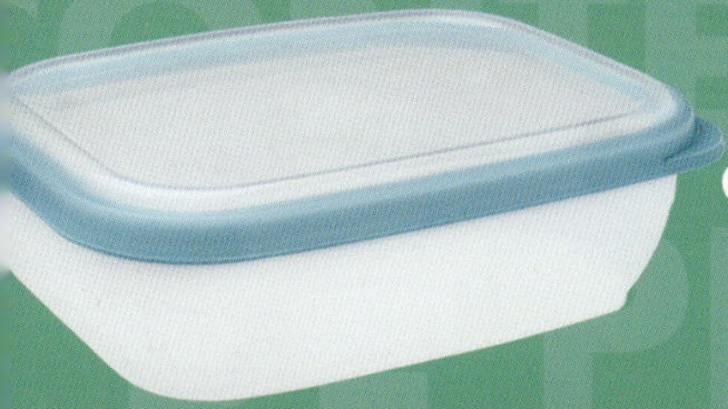

NORMAL: CONTENEDORES DE PLÁSTICO

MICRO: DEL TAMAÑO DE UN FRASCO DE PASTILLAS

NANO: DEL TAMAÑO DE LA GOMA DE UN LÁPIZ

CAMUFLADO: ROCAS Y TORNILLOS FALSOS O, TAMBIÉN, CACA DE PERRO FALSA

MARCAS TOPOGRÁFICAS: MARCADORES REDONDOS DE METAL USADOS PARA DESCRIBIR UN TERRENO

¿Son difíciles de encontrar?

Pueden ser. Cada tesoro tiene una calificación. Esta te dice qué tan **difícil** de encontrar es. Empieza con uno fácil y ve aumentando la dificultad. Para algunos son necesarias habilidades especiales, como saber escalar o bucear. Elige geoescondites que coincidan con tus habilidades.

Buscar bajo el agua requerirá de equipo y habilidades especiales.

ESTRELLAS PARA CALIFICAR GEOESCONDITES

★☆☆☆☆ 1	Fácil: menos de 0.5 millas (0.8 kilómetros)
★★☆☆☆ 2	Un poco fácil: menos de 2 millas (3.2 kilómetros)
★★★☆☆ 3	Difícil: pueden ser más de 2 millas (3.2 kilómetros)
★★★★☆ 4	Muy difícil: incluye largas distancias, escalar o nadar
★★★★★ 5	Dificultad extrema: requiere de habilidades, herramientas y equipo especiales.

CAPÍTULO DOS 2

PREPÁRATE

Los geobuscadores respetan la naturaleza y a los demás cuando limpian.

¿Hay algunas reglas?

¿SABÍAS?
¡Los geobuscadores son amigables con la Tierra! Llevan consigo bolsas de basura y recogen los desechos. ¡Sé parte del movimiento "tesoros sí, basura no" y mantén limpia la naturaleza!

En realidad, no. Principalmente, solo se inteligente. Los tesoros están escondidos atrás, adentro o debajo de cosas. Pero no te pongas a ti ni, a otros en peligro. Intenta no romper nada. Nunca vayas a ningún lado en contra de la ley. ¡Y cuando lo encuentres, no eches a perder la sorpresa para los demás!

¿Puedo esconder un tesoro?

¡Claro! Primero debes encontrar 20. Esto te ayuda a aprender el juego. Usa un contenedor transparente e impermeable. Guarda dentro un cuaderno de registro y un regalo. Elige un buen escondite, pero no lo entierres. Quédate a una distancia de al menos 500 pies (152 metros) de otros tesoros. Una vez que lo hayas escondido, **registra** tu tesoro en línea. ¡Entonces, ya está listo para que otros lo encuentren!

Buenos regalos: juguetitos, llaveros, monedas, cartas y dados

Prohibidos: objetos de vidrio, armas, objetos afilados comida y líquidos

Esconder tu propio tesoro puede ser tan divertido como encontrar uno.

¿Cómo obtengo las coordenadas?

El geoescondite es un reto divertido para personas de todas las edades.

Primero, **descarga** una **aplicación** de geoescondite. Muchos geobuscadores usan un teléfono inteligente. Busca en la aplicación algún tesoro cerca de ti. Aparecerán las coordenadas. Con un dispositivo GPS, solo escribe las coordenadas. Pero no vayas solo. Es mejor cazar tesoros con tu familia y amigos. ¡Ahora ve a buscarlo!

¿SABÍAS?

En geocaching.com hay muchos tesoros. Pídele a un adulto que te ayude a abrir una cuenta gratuita. Luego, descarga la aplicación.

CAPÍTULO TRES

3

¿Cómo busco un tesoro?

Cada tesoro tiene una página en una aplicación. Abre la página y haz clic en "navegar". Puede aparecer una línea. Esta te indica la dirección en la que debes ir. Pero debes descubrir cómo llegar allá. Debes buscar calles o caminos que puedas tomar. La línea puede cambiar de dirección. Pero la distancia total se hará más pequeña a medida que te vayas acercando.

Una familia busca un tesoro en un árbol.

Un tesoro puede estar escondido en las plantas.

Ya estoy aquí, pero no lo veo. ¿Dónde busco?

¿SABÍAS?

Algunos tesoros son solo pistas. Estas forman parte de un multitesoro. Sigues dos o más tesoros de pistas para encontrar el tesoro final.

La aplicación solo te lleva a una distancia dentro de 30 pies (9.1 m). El resto depende de ti. ¡Empieza a buscar! Busca debajo de tocones, en los árboles y detrás de las rocas. El tesoro podría estar dentro de un edificio o en los alrededores. Recuerda ser cuidadoso y respetar tu entorno.

¡Encontré uno! ¿Ahora qué?

¡Ábrelo! Anota tu nombre en el cuaderno de registro. Intercambia el regalo por uno tuyo. ¿Hay algún objeto rastreable? Esos llévatelos. Luego, cierre el tesoro y vuelve a ponerlo donde lo encontraste. En casa, registrarás el número de tu objeto rastreable. Algunos te los puedes quedar. Pero la mayoría, los pasarás a otro tesoro. ¡A seguir con tu próximo descubrimiento!

En el cuaderno de registro, los geobuscadores usan solo su nombre de pila o un nombre en código.

OBJETOS RASTREABLES

Escarabajos viajeros: plaquitas de perro con números de rastreo enganchadas a un objeto

Geomonedas: monedas especiales con números de rastreo

¡MANTÉN TU CURIOSIDAD!

HAZ MÁS PREGUNTAS

¿Hay algún club de geoescondite que me quede cerca?

¿Cuál es el geoescondite más difícil de encontrar?

Prueba con una PREGUNTA GRANDE:

¿Dónde puedo esconder un tesoro de modo que no perturbe a la naturaleza?

BUSCA LAS RESPUESTAS

Busca en el catálogo de la biblioteca o en Internet.

Pueden ayudarte tus padres, un bibliotecario o un maestro.

Usar palabras clave

Busca la lupa.

Las palabras clave son las palabras más importantes de tu pregunta.

Si quieres saber sobre:

- clubes de geoescondite, escribe: CLUB DE GEOESCONDITE [TU CIUDAD]
- el geoescondite más difícil, escribe: GEOESCONDITE MÁS DIFÍCIL

GLOSARIO

aplicación Un programa de computadora que se puede descargar en un dispositivo electrónico.

coordenada Uno de dos números (latitud o longitud) que señala una posición exacta en la Tierra.

descargar Copiar datos de un sistema de computadora a otro a través de Internet.

difícil Que se requiere de mucho trabajo o mucha habilidad para hacerlo.

rastreable Una pieza del juego que la gente rastrea conforme pasa de un tesoro a otro.

registrar Anotar información en un registro público.

Sistema de Posicionamiento Global (GPS) Un sistema satelital que órbita la Tierra y envía señales a receptores con el fin de calcular su posición global.

tesoro Un conjunto de objetos guardados en un lugar escondido.

ÍNDICE

Acerca de la autora

Rachel Grack es editora y escritora de libros para niños desde 1999. Vive en Arizona, unestado donde los espectaculares paisajes ofrecen incontables aventuras todo el año. Montar a caballo es una de sus actividades favoritas al aire libre. Pero el geoescondite podría ser su próxima gran aventura.